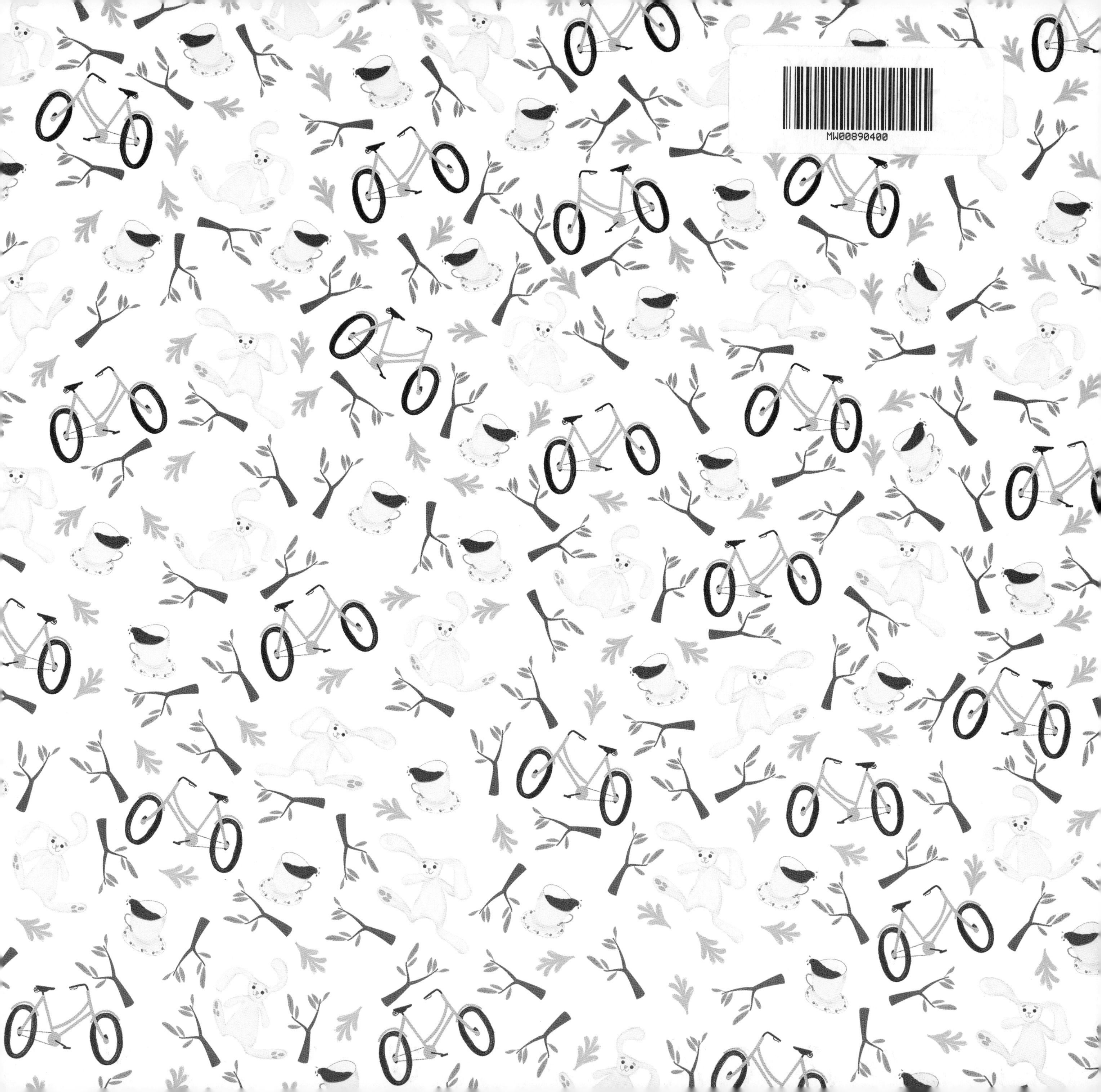

El papel utilizado para la impresión de este libro ha sido fabricado a partir de madera procedente de bosques y plantaciones gestionadas con los más altos estándares ambientales, garantizando una explotación de los recursos sostenible con el medio ambiente y beneficiosa para las personas. Por este motivo, Greenpeace acredita que este libro cumple los requisitos ambientales y sociales necesarios para ser considerado un libro «amigo de los bosques». El proyecto «Libros amigos de los bosques» promueve la conservación y el uso sostenible de los bosques, en especial de los Bosques Primarios, los últimos bosques vírgenes del planeta.

Papel certificado por el Forest Stewardship Council®

Primera edición: febrero de 2017

Printed in Spain – Impreso en España

ISBN: 978-84-488-4440-0
Depósito legal: B-22639-2016

Impreso en Egedsa
Sabadell (Barcelona)

BE 44400

Penguin
Random House
Grupo Editorial

Papá, eres... ¡GENIAL!

Autora
Myriam Sayalero

Ilustradora
Marisa Morea

Beascoa

Todas las mañanas, Blanca y Leo se despiertan con música. Papá la selecciona en su móvil, lo deja en su mesilla y la música comienza a sonar... Blanca lo oye, incluso cuando se tapa los oídos.

—¡Quiero dormiiiiir! —gruñe, con la cabeza debajo de la almohada.

Algunos días, Papá los despierta con besos. Millones de besos. En los mofletes, en los párpados, en la nariz...

Les gustan los besos, pero... ¿tienen que oler a café? ¡Puaj!

Hoy, Papá entra en la habitación de Blanca como si fuera un vendaval. ¡Qué energía!

—¡Buenos días, *my beautiful princess*!

—dice tan alto que podrían oírlo los vecinos.

Blanca esconde la cabeza, ¡hoy es sábado! ¡Hoy no hay cole!

—Papá..., has vuelto a confundirte de día —protesta debajo de la almohada.

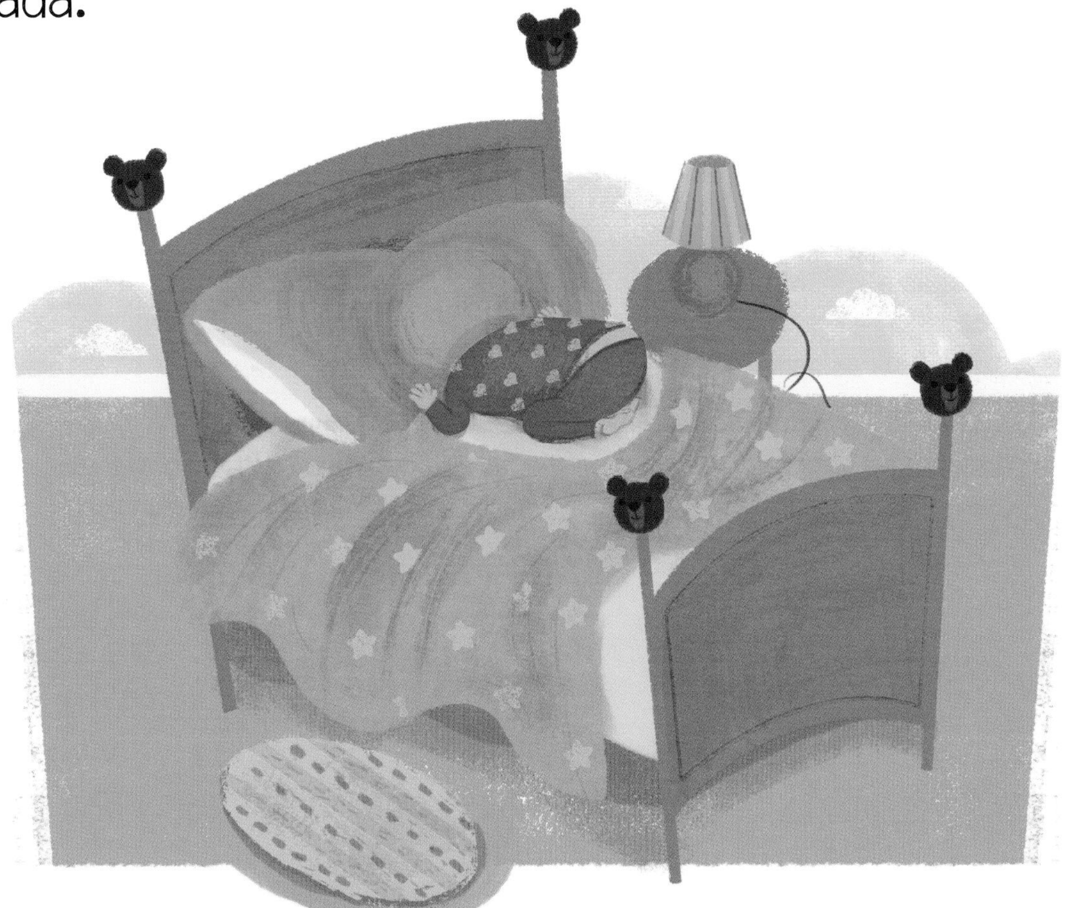

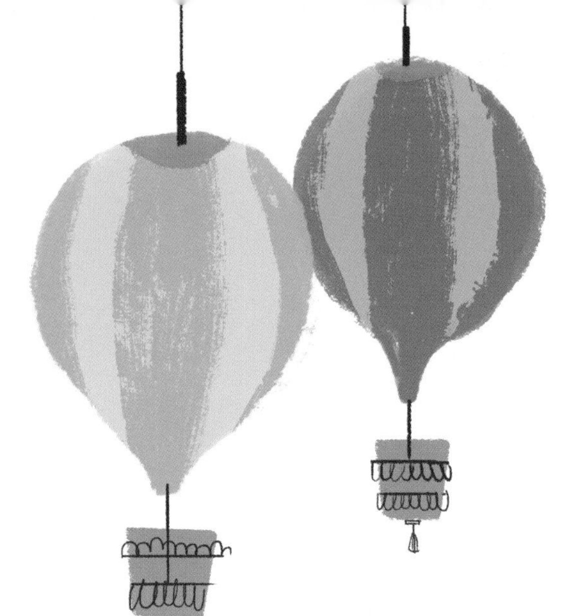

—Nooo, mamá ha ido con la abuela —anuncia Papá mientras abre la ventana—. Mira qué día, ¡hay que aprovecharlo!

—Pero es sábado, los sábados nunca hacemos nada —recuerda Blanca.

—Sí, cariño, y no haremos nada... —asegura Papá—. ¡Nada aburrido! ¡Venga! ¡Arriba! ¡Leo ya está en la cocina!

Blanca se agarra a las sábanas,
¡no es justo!
¡Nunca se hace lo que ella quiere!

En pijama y detrás de la butaca, Blanca juega con la tablet.
Ha oído varias veces que el desayuno está listo,
pero no piensa moverse, ¡ya ha dicho que no quiere hacer nada!
Si no fuera porque tiene hambre, no saldría de su escondite.

¡Qué bien huele el pan tostado!
Hum... Un momento... ¿Se está... quemando?

MAYO

Maicena
Harina
WHITE

—¡Uh! ¡Oh! ¡Oh! —resopla Papá mientras saca las tostadas—. Toma esta, es la menos...

—¿... negra? —se burla Blanca.

Después, coge unas rebanadas de pan y las mete en el tostador.

—Me gustan poco hechas, ¿a ti no? —dice, haciéndose la listilla.

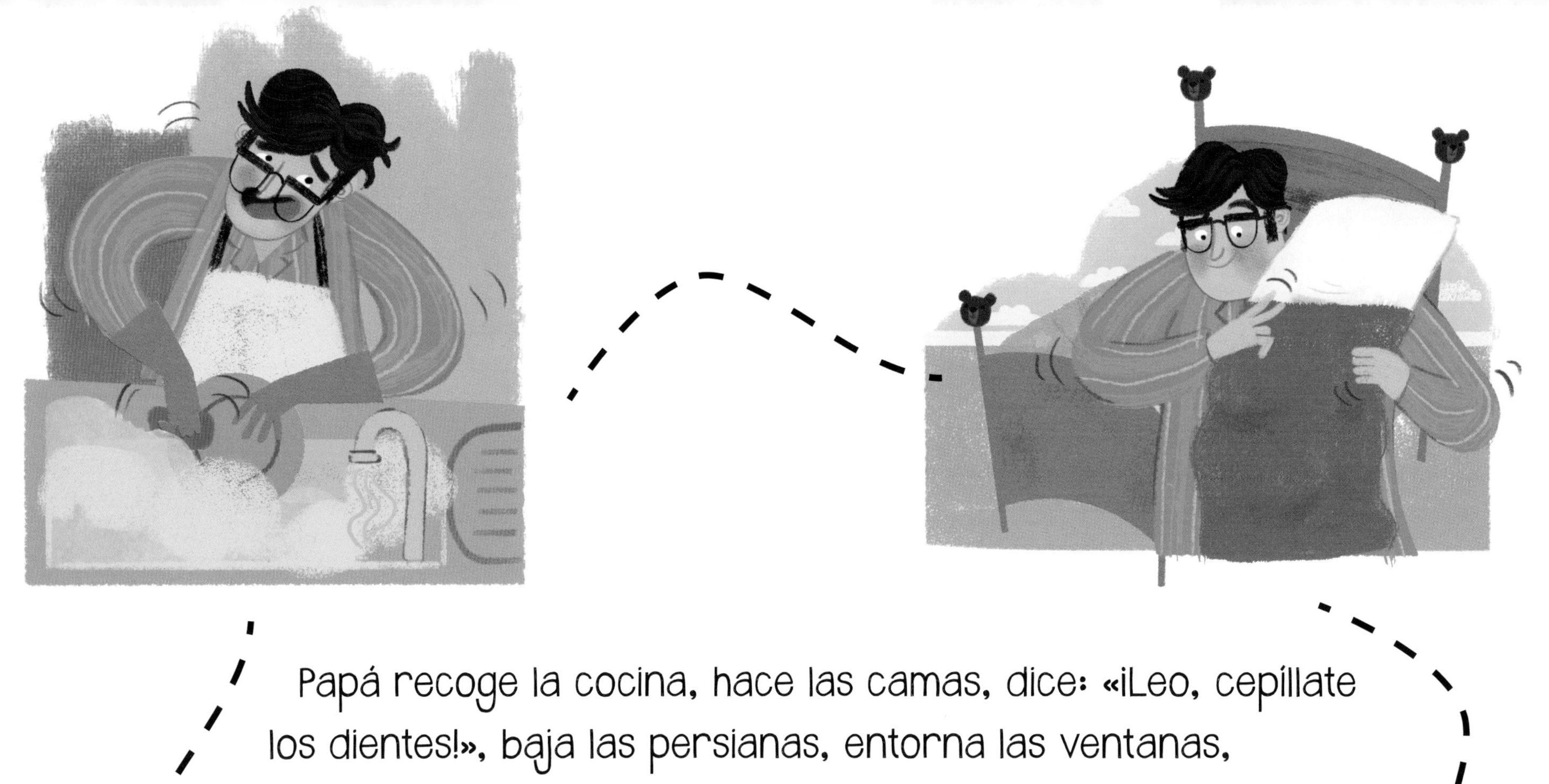

Papá recoge la cocina, hace las camas, dice: «¡Leo, cepíllate los dientes!», baja las persianas, entorna las ventanas, repite: «¡Leo, los dientes!», le ata los cordones de sus botas... Se mueve por la casa como si fuera el Correcaminos. Respira hondo y dice que quiere salir en... ¡diez minutos!

Cuando bajan en el ascensor, Blanca empieza a reírse.

—¿Vas a ir al campo en zapatillas de estar por casa? —señala Leo.

—No te has calzado, Papá —le dice Blanca, fingiendo cara de regañina.

El maletero del coche parece una tienda de deportes. Papá ha metido las bicis, los cascos, la sombrilla, el balón de voleibol, los patines, una bolsa enorme...

—¿Mi maletín de pintura? —se sorprende Blanca—. Nunca me dejáis sacarlo de casa.

—¿Ah, no? —se extraña Papá—. Bueno, pues hoy sí.

—Entonces, ¿también puedo llevar la tablet?

—NO.

Hace un rato que Blanca y Leo han dejado de preguntar adónde van. Papá quiere que sea una sorpresa.

—Ya solo falta media hora.
—¿Y cuánto es eso? —pregunta Leo.
—Cinco canciones —asegura Papá, mirándolos por el retrovisor.

Blanca empieza a contar, pero en la tercera se queda dormida.

Cuando abre los ojos, está rodeada de árboles y rocas. Papá ha apilado todas las cosas delante del coche.

—¿Habéis visto el río? —pregunta Papá entusiasmado—. Ven, Leo, vamos a ver las *marisoplas*.

—Ja, ja, ja —se ríe Blanca—. ¡Todavía me acuerdo de las *marisoplas*!

—No tiene gracia —protesta Leo—. Son *mariplosas*... *marlisopas*... *maril*... ¡No tiene gracia!

Blanca sabe montar en bici, pero le cuesta empezar. Así que Papá empuja la bici hasta que va ella sola.

—¡Sigue, que ahora te alcanzo! —dice Papá, montando rápidamente en su bicicleta, con Leo en la silla.

Hay muchos baches, piedrecitas y caminos. ¿No han pasado por aquí antes?

—¿Nos hemos perdido? —pregunta Blanca, inquieta.

—¡Ja, ja, ja! Qué va, es parte de la aventura. Busquemos una fuente para llenar las cantimploras.

—Con todo lo que has traído, ¿has olvidado el agua? —protesta Blanca.

—Quiero agua, quiero agua —repite Leo.

Por la tarde, Papá monta la tienda de camping. Pone el plano de la tienda sobre la hierba y lo mira tantas veces que se lo aprende de memoria.

—¿Vamos a dormir aquí? —se asombra Blanca—. ¿No habrá lobos, osos..., bichoooooos?

—Tranquila, estás con Papá. ¿Me pasas la *pipeta*?

—¿Eso no es del juego del científico? —pregunta Blanca, extrañada.

—Ejem... Quería decir la piqueta, la que sujeta los vientos —responde Papá con voz de profesor.

Cuando Papá termina, la tienda no se parece mucho a la del dibujo. Está arrugada y tiene un lado un poco hundido. Refresca, está empezando a anochecer, se oye el canto de los grillos. Cricrí. Cricrí. Blanca no sabe si tiene más miedo o más frío.

Papá abre un termo de chocolate caliente. ¡Qué buena idea!

—Pues qué poco conserva el calor esto... —se sorprende Papá—. ¡Está frío!

Da igual, a Blanca y Leo les sabe riquísimo, y sonríen con los labios manchados de chocolate.

—No se ve nada, papi —dice Blanca, que ya no distingue una rama de la garra de un oso.

—Bueno, eh... No tenemos linternas —responde Papá—, ¡pero sí antimosquitos! Es una suerte, no nos picará ni uno.

Papá enciende los faros del coche para iluminar a Blanca y a Leo, los rocía con un spray que huele a ambientador y les pone un suéter.

—Listos, ni se acercarán —asegura, orgulloso, mientras apaga las luces.

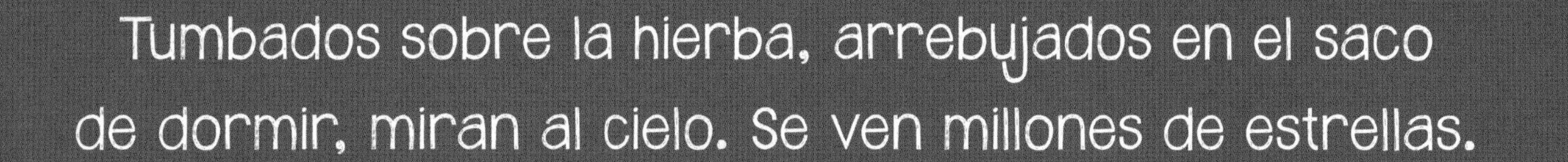

Tumbados sobre la hierba, arrebujados en el saco de dormir, miran al cielo. Se ven millones de estrellas.

—Mirad, hay docenas de estrellas fugaces —señala Papá—. Es la noche de las Perseidas. Las Lágrimas de San *Lobezno* —se burla.

Blanca no puede contar todas las estrellas fugaces, hay demasiadas. Además, está concentrada en pedir deseos.

De repente, se levanta un fuerte viento que sacude las hojas de los árboles y enormes nubes cubren el cielo estrellado.

—Me ha caído una gota —anuncia Papá, mientras se oye un trueno a lo lejos.

Blanca pestañea, sobre su cara caen grandes gotas de agua.

—Papá, ¿miraste la información meteorológica?

—¡Os echo una carrera hasta la tienda! —anima Papá, que ya ha salido corriendo.

Dentro de la tienda están a cubierto. Los tres se ríen, ¡están empapados! Papá se asoma afuera y alza la vista al cielo, estira el cuello y mira a derecha e izquierda. La tela se agita con el viento, la tienda no parece muy segura.

—Tranquilos, esto es impermeable —asegura, mirando las paredes del interior.
—Ya, pero quizá no pusiste bien las *pipetas* —se burla Blanca.

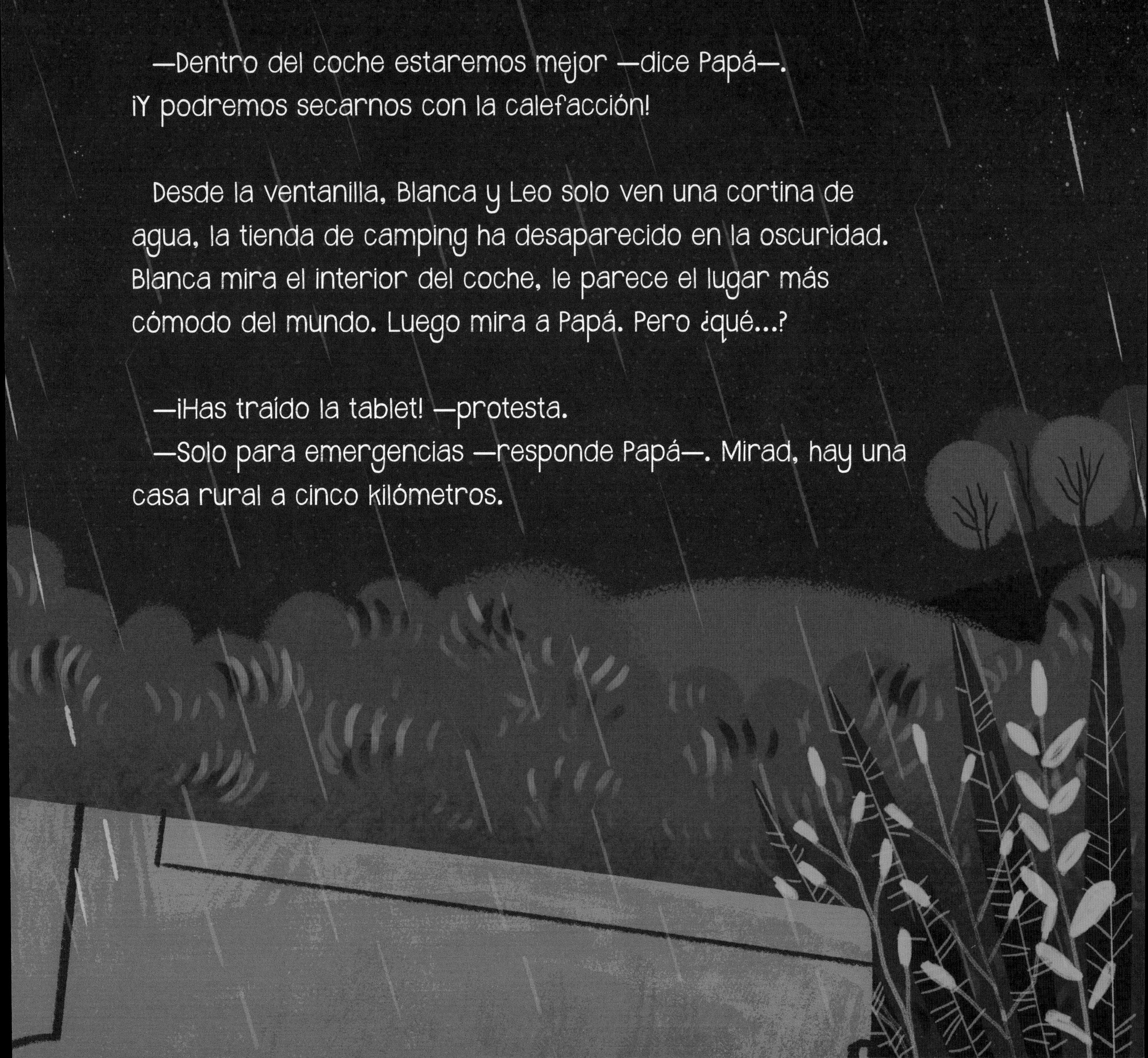

—Dentro del coche estaremos mejor —dice Papá—. ¡Y podremos secarnos con la calefacción!

Desde la ventanilla, Blanca y Leo solo ven una cortina de agua, la tienda de camping ha desaparecido en la oscuridad. Blanca mira el interior del coche, le parece el lugar más cómodo del mundo. Luego mira a Papá. Pero ¿qué...?

—¡Has traído la tablet! —protesta.
—Solo para emergencias —responde Papá—. Mirad, hay una casa rural a cinco kilómetros.

En el salón de la casa, Blanca y Leo beben un tazón de leche caliente y se acurrucan junto a Papá envueltos en una manta. Suena el teléfono de Papá.

—Sí, tranquila, estamos bien, todo según lo previsto, no te preocupes —asegura Papá.

—¿Sabes, Papá? —dice Blanca, sonriendo a Leo con picardía—. Me gustan los días especiales contigo.

Gracias, Papá, por...

despertarnos con música.

los millones de besos, ¡aunque huelan a café!

pasar un día juntos, ¡sin parar de hacer cosas!

prepararnos el desayuno.

reírte con nosotros.

llevar toda la casa en el maletero.

convertir cualquier imprevisto en una aventura.

montar juntos la tienda de camping.

el termo de chocolate.

el spray antimosquitos.

enseñarnos a ver las estrellas.

mostrarte calmado aunque estés un poquito preocupado.

pensar siempre en un plan B.

Y... por ser **EL MEJOR PADRE DEL MUNDO.**

Superregalo para Papá

Nuestro papá es genial, ¿verdad? Para agradecerle todo lo que hace, vamos a crear este bonito marco de fotos. ¿Te apuntas? Seguro que el tuyo también se merece un superregalo.

Necesitas:

- Una foto con papá que te guste mucho.
- Una cartulina gruesa un poquito más grande que la foto.
- Cola o pegamento multiuso.
- Tus lápices de colores.
- 3 cintas de tela (mejor si son de diferentes colores).

¡Manos a la obra!

- Pega la foto en el centro de la cartulina, dejando así espacio por los lados para que parezca un marco.
- En la parte de arriba de la cartulina, escribe: ¡GRACIAS, PAPÁ!
- Ahora saca a ese artista que llevas dentro y dibuja lo que quieras en la parte de la cartulina que sobra por los demás lados. Coloréalo para que te quede más bonito.
- Coge las cintas y haz una trenza con ellas. Pega los extremos de la cinta por detrás del marco. ¡Así podréis colgarlo para verlo todos los días!
- Puedes aprovechar la parte de atrás de la cartulina para escribir algo a Papá y decirle todo lo que le quieres y lo que te gusta de él. ¡Como hizo Blanca con el suyo!

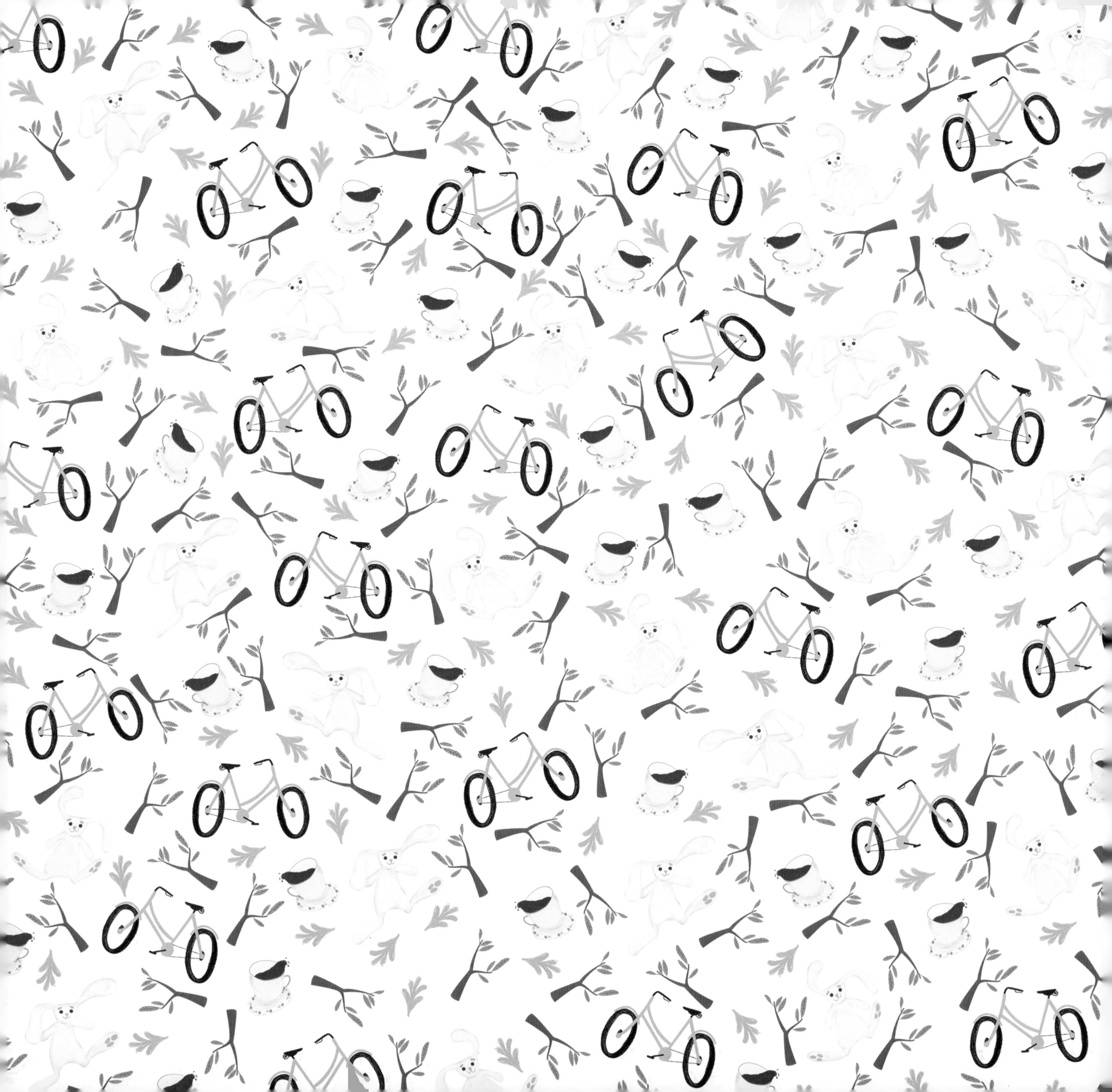